슬픔에 웃고
기쁨에 울다

소중한 마음을 담아…

_____ 님께

_____ 드림

_____ 년 _____ 월 _____ 일

슬픔에 웃고 기쁨에 울다

초판 1쇄 인쇄   2012년 06월 27일
초판 1쇄 발행   2012년 07월 05일

지은이 ㅣ 한그림
펴낸이 ㅣ 손형국
펴낸곳 ㅣ (주)에세이퍼블리싱
출판등록 ㅣ 2004.12.1(제2011-77호)
주소 ㅣ 서울특별시 금천구 가산동 371-28 우림라이온스밸리 C동 101호
홈페이지 ㅣ www.book.co.kr
전화번호 ㅣ (02)2026-5777
팩스 ㅣ (02)2026-5747

ISBN 978-89-6023-926-5 03810

슬픔에 웃고
기쁨에 울다

글 한그림
그림 정희원

사랑의 경험

첫 번 째 책을 내고 두 번째 책을 쓰면서 느낀 것은… 아, 정
말 민망하다. 그때는 어떻게 저런 말을 잘도 했을까. 특히
나 머리말과 꼬리말을 읽으면서 더더욱 나를 용서(?)할 수 없다.
하지만 그 당시 필자의 이성과 감정, 그리고 의지가 온전히 묻어
있기에 과거의 나에게 '수고했다.' 라고 말하련다.

인생에서 처음으로 쓴 책, 시집 '사랑하는 사람이랑' 을 내면서
이런저런 노고勞苦들이 많았다. 그림 그려 줄 사람을 찾고, 출판해
줄 곳을 찾고, 또 무명無名인지라 돈을 마련하고…. 그 중에서도
가장 어려웠던 것은 육십 편의 시들을 짓고 추리는 것이었다.

'대답' 이란 시를 처음으로 시작됐던 나의 집필執筆 작업. 이
런저런 낙서들을 모았다가 하나하나씩 완성됐던 시들. 그때 왜 난
육십이란 숫자에 집착執着했을까? 한 시간이 육십 분, 일 분이 육
십 초, 인생은 육십갑자六十甲子. 매 순간, 한평생 사랑하면서 살
았으면 하는 고집이라고, 숫자만으로 눈에 보이지 않는 또 하나의
시가 완성되는 거라 둘러댔지만, 그때에 이어 지금도 이 숫자에
집착하는 이유는 잘 모르겠다. 아마 수학을 오랫동안 가르치다 보
니 나도 모르게 이 안정적인 숫자에 매료魅了된 것 같다.

일흔 편이 넘는 시들 중에서 추리고 추려 봐도 두 편이 모자랐
다. 도저히 걸러진 것들 중에는 나머지를 채워 넣을 만한 시를 고
를 수가 없었다. 고민苦悶하고 고뇌苦惱하던 중, 우연찮은 사람과의
만남과 헤어짐으로 인해 간신히 '후회' 와 '성숙하게 하심' 을
지어 목표하던 숫자를 이루었다. 그리곤 괜한 쓸쓸함을 느꼈다. 아

직 어리고 사랑의 경험도 적은 내가 간신히 한 권을 완성했으니, 앞으로 나는 더 이상의 사랑에 관한 시들을 쓸 수 없겠구나. 처음이자 마지막 감성 시집이 될 거라 여겼다.

지금 돌아보면, 그때의 나는 참 어리석었나 보다. 모든 시상詩想과 영감은 억지로 만들어내는 것이 아니라, 자연스럽게 떠오르고 깨닫게 되는 것을 몰랐다. 앉으나 서나, 걷거나 멈추거나, 먹거나 마시거나, 보거나 듣거나, 그리고 숨을 들이마시고 내쉴 때에도 끊임없이 내게 파고들었다. 어쩌면 이번엔 모자란 것을 채우는 일보다 넘치는 것 중에 거르는 작업이 더 어려웠는지 모른다. 어찌됐든 그간의 경험으로 두 번째 시집을 완성했다. 이번에 선택받지 않은 시들은 다음 시집에 실어 주겠노라고 약속했다.

하나 같이 내게서 난 것들이지만, 그 중에서도 개인적으로 애착愛着이 가거나 미련未練이 가는 시들이 있다. 혼자 속으로 '사람들이 이 시를 좋아할 거야.'라고 추측推測하지만 예상豫想은 번번이 빗나가고 만다. 저마다 주어진 환경과 조건, 그리고 느끼고 생각하는 것들이 달라서일까? 전혀 의외의 것들을 골라 가장 좋다고 말하는 이들을 보면 참 신기할 뿐이다. 이번 시집에 실린 시들은 내 나름 상상력을 넓혔다. 경험經驗이라는 울타리 끝에서 바라본 상상想像이라는 풍경風景은 내게 다양하고 많은 것들을 선물했다. 아마 이번에도 육십 편의 시 모두가 읽는 이들에게 골고루 사랑받지 않을까 생각된다.

'슬픔에 웃고 기쁨에 울다', 제목만 두고 본다면 처음에 지었던 것보다 더 시적詩的이다. 슬픔과 기쁨, 둘만이 아닌 사랑하면서 겪는 감정感情들을 나누어 시집을 완성했다. 이 책을 읽는 모든 이가 슬픔의 눈물을 닦고 기쁨의 눈물을 흘리길 바란다. 혜민이 못지않게 예쁘게 그림을 그려준 희원이를 비롯하여(실제로도 매력적인 아가씨다), 이번에도 역시 내 시의 모든 시상詩想을 선물해준 모든 이들께 고맙고, 미안하고, 또 사랑한다 말한다.

2012년 여름, 낮과는 달리 서늘한 밤에
졸린 눈을 비비며 지은이 씀.

차례

첫 번째 이야기
즐거움

첫 번째 이야기
즐거움

그리고 당신은
내 끝없는 사랑으로
한없이 아름다움을 더해 갑니다.

달

아주 어렸을 때
저녁에 엄마랑 택시를 타고
꼬마였던 내가 창밖을 보며,

엄마,
자꾸 달이 나를 따라와.
왜 따라오는 거야?

엄마는 웃으며,

우리 아가가
예쁘고 좋아서
그래서 따라오는 거야.

그래서 지금 난
너만 따라가는
달이 되었나 보다.

사랑이 차고 기울면서도
계속 밤중에
너를 비추고 바라보나 보다.

함수函數

그대는 x축,
나는 그래프.

일차함수는 싫어요.
그대와 한 번은 만나지만
그 후로는 멀어지기에.

이차함수도 싫어요.
그대와 두 번을 만날지
아니면 한 번을 만날지
어쩌면 못 만날지도 모르기에.

상수함수도 싫어요.
평행하게 함께 가지만
항상 일정한 간격으로
더 가까워질 수 없기에.

나는 그대에게
중심에서 움직이지 않은
순수한 유리함수이고 싶어요.

내가 어느 곳을 향해 가든
그대와 가까워지거든요.

서로 절대 닿을 수 없는
점근선의 운명이라 해도
무한으로 달려 나가면
언젠가는 그대에게
수렴할 수 있기에.

판타지

하늘을 나는 배가 있으면 좋겠어.
화음을 맞춰 노래하는 나무들의 숲도.
온통 아이스크림으로 뒤덮인 산이나
단 것과 춤을 좋아하는 작은 요정들,
겉모습은 무섭지만 속마음은 착한 괴물들까지.

그치만
그런 예쁘고 멋진 세계에도
아름다운 네가 머물러야 좋겠어.

그 사람을 만나면

이제나 저제나 지나가길 기다리다
간신히 마주쳤습니다.
최대한 어색한 티를 감추고
웃으며 인사를 건넵니다.

그 사람이 지나간 후
좋은 향기가 머뭅니다.
몇 초도 되지 않는 이 만남을 위해
몇 시간 몇 날을 기다렸지만
절대 아깝지 않습니다.

순간의 만남으로
나는 또 남은 시간들을
설레고 부푼 맘으로 미소 짓겠지요.

어제 친구들과의 내기에 져서 냈던 밥값도
더 이상 아깝지가 않네요.
아침엔 흐렸었는데
지금은 군데군데 흰 구름을 덧칠한
참 해맑고 환한 하늘입니다.

바람도 싱그럽고
나를 지나치는 모든 이들의 얼굴이
마냥 환하기만 합니다.

비밀秘密과 보물寶物

사랑한다고 말하세요.
비밀로 담아둔다고요?
비밀이라고 말하는 순간
그것은 더 이상 비밀이 아닌 걸요.

사랑을 표현하세요.
보물처럼 간직한다고요?
보물이라고 평생 감춰진다면
그것은 보물의 가치가 없는 걸요.

사랑을
비밀처럼 숨기지 말고
보물처럼 감추지 말고
얘기하고 보여 주세요.

사랑은
드러날 때 가장 예쁘거든요.

아름답게 변하는 이유

사람이
아름답게 변하는 데는
두 가지 이유가 있습니다.

누군가를 사랑할 때와
누군가에게 사랑받을 때.

그렇기에
당신이 아름다운 이유는
나로 인한 것도 있습니다.

그리고 당신은
내 끝없는 사랑으로
한없이 아름다움을 더해 갑니다.

천사天使와 악마惡魔

당신이 보낸 쪽지를
또 보고 싶고 더 보고 싶은데,
혹시나 닳을까
설레는 마음이 덜할까
아껴두는 마음을 알까요?

짧은 문자 하나도
이렇게 맘 졸이고 고민하며
떨리는 맘으로
보내는 심정을 알까요?
그러다 별 의미 없는
짧은 답문에도
세상을 다 얻은 것처럼
자랑하는 제 모습 모를 테죠?

정말 놀랍지 않나요?
이렇게 작은 걸로도
내가 이처럼
행복해질 수 있다는 게.

당신 때문에 나는
슬퍼지기도 기뻐지기도
불행해지기도 행복해지기도 하네요.
당신이란 사람 때문에
하루 열두 번도 더
내 마음이 바뀌어요.

정말이지 당신 때문에 난
천사가 되기도 하고
악마가 되기도 해요.
당신은 내 모든 것을 기울게 해요.

흔적

그대와 하나가 된다면
그대와 사랑하게 된다면

그대 없던 내 삶에
얼마나 그댈 사랑하는
흔적들을 남겼는지 말해 줄 거예요.

그대 모르는 이들에게
얼마나 그댈 자랑했는지
얼마나 그댈 그리워했는지
아마 그들을 통해 알게 될 거예요.

가장 아름다운 별

어렸을 때 늦저녁까지 놀다가
가끔 하늘을 올려다보면
별들이 참 많이 떠있었는데.
종종 떨어지는 별똥별에 소원도 빌어 보고….

늦은 시간이지만 잠깐 나와 줄래?
너와 가고 싶은 곳이 있어.
저 높은 곳에서 멋진 야경을 내려다보며
별들은 하늘에만 있는 게 아니란 걸 보여 줄 거야.

그리고 가장 아름다운 별은
지금 내 옆에서 그윽하게 날 바라봐 주는
두 개의 별이라는 걸 말해 주고 싶어.

아름다운 곳에서

당신이 아름답다고 말했던,
그래서 우리가 함께 갔던 그곳엔

아름다운 것이
하나 더 있었습니다.

두 번째 이야기

괴로움

나는 안다.
가장 많이 사랑하는 이가
가장 많이 아파한다는 것을.

날개

날개 없이
하늘을 사랑한다.

불러 보고 외쳐 보고
손을 흔들어도

저 하늘은
나 아닌 모두에게
햇살과 비를 선물한다.

괴롭구나,
날개 없이
하늘을 사랑하는 건.
다가갈 수 없이
바라만 보는 이의
심장을 억누르는 건.

아픔의 중독中毒

사랑하면 할수록
아픔을 느끼지만
난 계속 아프고 싶다.

고통이 없으면
그것은 죽은 거니까.

그리고 내 사랑은
강렬하게 살아 있으니까.

이름

너무 예쁜 이름을 가진 사람은
사랑하지 마세요.
예쁜 만큼 독과 가시가 많아서
이따금씩 아파지거든요.

너무 흔한 이름을 가진 사람은
사랑하지 마세요.
흔한 만큼 같은 이름을 만나면
하릴없이 떠오르거든요.

너무 별난 이름을 가진 사람은
사랑하지 마세요.
별난 만큼 지워지지 않고
오래 기억에 남으니까요.

부를 때에 너무도 설레는
그런 이름을 가진 사람은
절대 사랑하지 마세요.
설렜던 만큼
그 이름을 부를 수 없을 때
겪게 될 괴로움의 크기도 클 테니까….

나는 안다.
가장 많이 사랑하는 이가
가장 많이 아파한다는 것을.

어렸을 적 읽었던
동화와 신화에서도
가장 많이 사랑한 이가
가장 많이 아파했다.

백조왕자에서
공주를 가장 아꼈던
열한 번째 왕자는
한 팔이 날개로 남아 버렸고,

백설공주에서
공주를 가장 따르던
일곱 번째 난쟁이도
헤어질 때 가장 많이 울었으리라.

또 오르페우스와 파리스의 사랑은
연인의 죽음과 조국의 파멸을 맞았다.

그럼에도 난
가장 많이 사랑하고 싶다.
설령 그 대가가
평생 치유되지 않는 상처로 남아
날 끝까지 괴롭게 만들어도
가장 많이 사랑하고
가장 많이 아프고 싶다.

부모님도 나로 인해 아파하고
그리스도는 그 사랑 때문에
십자가에 못 박히시지 않았는가?

가장 큰 사랑을
증명할 수 없다면
가장 큰 아픔만이라도
내 것이고 싶다.

사랑의 상처傷處

이별하고
바로 누군가를 사랑하지 마라.

잠시 아파하고 추억하고
그리고 외로워하라.

고기를 먹다 체한 이가
다시 고기를 씹지 못하고 죽을 먹듯,
아물지 않은 상처로
또 다른 사랑을 하려 마라.

네 사랑이 덧나 버린다.
네 사랑이 곪아 버린다.

금방이라 곧이라 말할 수 없지만,
사랑의 상처가 다 나을 때까지는
잠시만 누구도 사랑하지 마라.

고독孤獨

땅에 떨어져 바람에 쓸리는
마른 잎의 울음소리가 크다.
세상의 소란보다
주위의 정적이
더 시끄럽게 들린다.

참 많은 사람들이 있다.
재난으로 고통 받는 이들,
가난으로 몸부림치는 이들.

허나 나는
내 괴로움과 외로움에만 갇혀 있다.
어쩔 수 있나?
인간은 다른 이의 아픔엔 무감각한
이기적인 동물인 것을….

인형人形

인형에 대고
사랑한다 고백하는 연습을 했다.

인형은 정말
자기를 사랑하는 줄 알고
행복해 하더라.

후에
그 사람이 이별하고
울부짖으며 인형을 집어 던질 때도
인형은 원망하지 않더라.

난,
누구의 인형이기에
사랑의 연습들을 받아 주고,
이별의 고통들을 당하면서도
함께한다는 이유만으로
행복해하는지….

아름답다, 사랑한다,
그런 말들 많이 들었겠죠.
나 외에도 많은 이들이
그런 말로 그대에게 속삭였겠죠.
그대에겐
그런 말도 나 같은 사람도
너무 흔한 거겠죠.

이 세상의 말들로는
내 부족한 혀로는
그대가 얼마나 내게 아름다운지
말해 줄 수 없네요.
이 세상의 어떤 것도
내 모든 것으로도
내가 얼마나 그대를 사랑하는지
보여 줄 수 없네요.

천국에서 쓰는 말을
빌려온다면
그대가 얼마나 내게 아름다운지
말해 줄 텐데….
난 그냥 웃기만 해요.

천국에서 쓰는 말을
빌려온다면
내가 얼마나 그댈 사랑하는지
고백할 텐데….
난 그저 머뭇거려요.

어떤 기도를 해야 할까요?
어떻게 말을 해야 알아줄까요?
내 영혼이 아름다운 그대를
사랑하고 있다고.

천국에서 피는 꽃을
얻게 된다면
내 가슴에 깊이 품어
기꺼이 그댈 위해 드릴 텐데….
난 계속 아파하죠.
난 계속 사랑하죠.

내 사랑하는 이에게
사랑받지 못하는 것보다 아린 건,
내 사랑이 사랑하는 이로부터
사랑받지 못하는 것.
또 그것을 지켜보는 것.

내 사랑하는 이에게
상처 주는 이를 욕할 수 없다.
그러려면
내 사랑에게도 욕해야 하므로.

내 사랑하는 이에게
한심하다고 탓할 수도 없다.
그러려면
나를 먼저 탓해야 하므로.

다른 사랑에 아파하는 그 사람을
차마 이해할 수밖에 없다.
내가 그 사랑 때문에 아파하는 만큼
괴로운 걸 알기에.

오늘도 위로의 말을 던진다.
내 사랑에게인지
아니면 나에게인지 모르면서.

선악과善惡果

태초에 아담과 하와가
선악과를 따먹은 죄로
우리가 겪게 된
가장 큰 벌이 뭔지 아니?
바로 사랑의 고통이야.

사랑은 정말이지
하기 전에도 아프고
하면서도 아프고
하고 난 후에도 아프고
심지어는
하지 않을 때도 아프다고.

근데 더 말도 안 되는 건,
이렇게 아픈 걸 알면서도
멈출 수가 없다는 거야.

세 번째 이야기
노여움

난 도대체 언제쯤
지금을 벗어나 오늘을 벗어나
내일을 살 수 있을까요?

버스

버스든 사랑이든
떠나가서 기다리면
언제고 다시 오더라.

나만의 목적지를 정하고
꼭 한 번에 가는 버스를
하염없이 기다리지 말아라.

그 버스는
너무 더디 온다.
그 버스는
너무 드물게 온다.

가다가 어긋나면
내려서 갈아타도 되고,
때로는 조금
다른 길로 돌아가도 된다.

어쩌면 인생의 여정 중에
몸을 실은 버스에 따라
그 목적지가 바뀌면 어떠한가?
그것 또한 선택인 것을….

다만,
버스에서 내릴 땐
카드를 꼭 찍고 내려라.

그래야 환승이 된다.
그래야,
다른 사랑을 만나도
그 전과 같은 요금을
지불하지 않아도 된다.

당신의 만나자는 연락에
들뜬 맘으로 거울을 바라보며
수줍은 고백을 연습하고
초라한 날 정성껏 꾸몄는데,
당신은 나에게
다른 내 친구 얘기를 묻네요.

난 바보처럼
웃기만 해요.

화를 내야할지
아니면 울어야 할지,

난 아직도
그걸 몰라서
계속 웃기만 해요.

열 번 찍어도
넘어오지 않는다면
구십 번을 더 찍어 보라.

백 번을 찍어도
마음을 열지 못한다면
구백 번을 더 찍어 보라.

천 번, 만 번을 찍어
안 넘어온다 한들 어떠랴?
조금이라도
기울기는 할 텐데.

그렇게
사랑하다 죽어 버려라.

헛된 이유로
이 세상에 작별을 고하는 것보다
사랑하다 떠나 버리는 것이
훨씬 더 아름답다.

다른 남자랑 웃지 마!
그 미소는 나만 보고 싶단 말야.

가까이 붙어 있지 마!
네 향기는 나한테만 허락된 거야.

전화랑 문자도 하지 마!
나는 너하고만 연락하고 싶어.

우리는 특별한 사이가 아니라 말해도
너는 나한테 특별한 사람이니까.

항의抗議

왜 그런 표정으로
그런 말을 던지는 거예요?

내 상상 속에서
그렸던 장면은 이게 아닌데….

집에 바래다주면서
무슨 이야기를 해 줄지,

다음 주에 있을 기념일에
어떤 이벤트를 해 줄지,

내가 얼마나 고민하고 준비했는데
어째서 그런 아픈 말을 하는 거예요?

그랬구나

그래서
그런 표정을 지었던 거구나.
그때 그런 말을 했던 것도
그런 이유였어.

바보 같이,
난 그런 것도 모르고….
귀띔이나 눈치라도 주지 그랬어.

아니구나.
너는 계속
말없이 말했었는데
내가 몰랐던 거였어.

미안해.
이제 와서
잘하겠다는 말도
정말 웃기는 소리지.

미안해.
계속 모른 척
넘어가는 것도
서로에게 힘들기만 할 테지.

이놈의 시계야!
그 사람을 만나려면
아직도 한참이나 남았는데
너는 왜 이리 더디게 움직이는 거니?

게으름을 피우나 싶어 지켜봐도
너는 부지런히 움직이는데,
내가 눈을 돌릴 때마다
잠시 멈춰 쉬고 있는 거니?
모든 시계들과 짜기라도 한 거니?

이놈의 시계야!
간신히 그 사람과 만나
그저 행복한 시간인데
너는 왜 또 변덕을 부려
이렇게 쉴 새 없이 달리는 거니?

혹시나 빠르게 가나
지켜보는 시간조차
그 사람과 있을 때는 아쉬운데,
너와 다른 시계들 모두
우리의 만남을 시샘하는 거니?

내일

도대체 내일은
언제나 오는 걸까요?

시간이 지나면
곧 잊는다지만,
난 지금을 살아가는데.

내일이면 괜찮다고
내일이면 오늘보단 덜하다고
그렇게 믿고 잠에서 깨면
난 또다시 오늘을 사는데.

내일이 돼도
모레가 돼도
또 다음 날이 돼도
눈을 떠 보면
난 지금이란 시간에 머물 텐데,
또 오늘이란 이름의 하루인데.

난 도대체 언제쯤
지금을 벗어나 오늘을 벗어나
내일을 살 수 있을까요?

말은 쉽지

미안하다는 말을, 잊으라는 말을
너는 어떻게 그리 쉽게 하니?
그래, 말은 쉽지.
괜찮다, 다 잊었다.
젠장! 그렇게 쉽게 되는 거면
어느 누가 사랑 때문에 아파하냐?

니가 좋아했던 가수들의 노래들은
이제는 듣지도 못할 텐데,
우리가 함께 가던 곳들은
근처에도 못 갈 텐데.

그렇게 머리가 좋은 건 아니지만
초등학교 때 처음 짝이었던
그 애 이름도 기억나는데,
어렸을 때 옆집에서 키우던
개 이름까지 생각나는데,
심지어 군대에서 날 그리도 갈구던
그 짜증나고 귀찮은 녀석도
아주 가끔씩은 떠오르는데,
널 완전히 잊는다는 건 거짓말이고
절대 그럴 수 없단 말이야!

일부러 잊으려
피하고 외면하고 도망쳐도,
자꾸 니가 내 눈에 밟혀서
나도 모르게 찾게 될 텐데
도대체 나보고 어쩌라고!

욕심慾心

내가 많이 좋아하고
또 사랑하다 보면
조금이라도 나를
알아주고 바라볼 줄 알았는데
그것마저 사치스러운
내 욕심이었나 보다.

네 번째 이야기

두려움

지금 그대 하나만
사랑하는 것만으로도
이렇게 벅차고 버거운 걸요.

모처럼 만나서
반갑게 인사하는 당신에게
그냥 누군가를 기다린다 말했어요.

그 누군가가
당신이라는 걸 말 못 하고….

죄罪와 벌罰

어디서나 기죽지 않고
항상 당당한 나였는데
내 마음을 들켜 버린 이유로,
먼저 사랑하게 된 죄로
더 많이 사랑한 벌로
난 항상 당신 앞에서
약한 사람이 돼 버립니다.

뭐하고 있어

따르르르릉—

— 여보세요?
….

— 여보세요?
… 나야.

— 누구, 아, 어….
잘 지냈어?

— 뭐 그럭저럭…. 너는?
나도 뭐 그렇지…. 뭐하고 있어?

— 그냥 이것저것…. 너는?
나는…, 후회하고 있어….

콩국수

그렇게 웃고 있지 마.
난 이거 어떻게 먹을지
걱정이란 말이야.

안 돼, 더 주지 마!
간신히 숨을 참고
삼킨 거란 말이야.

니가 만든 거라서
니가 주는 거라서
싫어도 말 못 하는 거란 말이야.

다행입니다

그대가 이 세상에
하나뿐이어서 다행이네요.

그대가 여럿이었다면
그 모두를 사랑하는 데에
힘쓰고 애써야 할 텐데.

지금 그대 하나만
사랑하는 것만으로도
이렇게 벅차고 버거운 걸요.

그대 하나만으로
내 모든 시간과 노력을 바치는 걸요.

숙취宿醉

난 사랑에 취했나 봐요.
이기지도 못할 잔을
계속 들이키고 있어요.

웃고 울고
잠들고 깨어나도
난 숙취에 빠져
아무것도 할 수 없네요.

사랑보다 우선인 것

그대여,
아름답지 않다고
아파하지 말아요.
그리고,
사랑받지 못한다고
슬퍼하지 말아요.

당신은
충분히 아름답습니다.
마땅히 사랑받을 만합니다.

다만 스스로를
아끼지 않기에,
사랑하지 않기에,
아직 자기 자신을
사랑하는 법을 모르기에….

아름다운
사랑의 시작보다 우선인 것은
나를 먼저
아끼고 사랑하는 것입니다.

어려운 일

누군가는
공부가 가장
쉬웠다고 말하고,

누군가는
자신의 일이 제일
쉬운 거라 말하는데,

내겐
무엇이 가장 쉬운 것인지 모르겠지만,
정말이지 너무도 어려운 것은
그대의 마음을 얻는 일입니다.

왜 내 삶은
혼자 사랑하고
혼자 이별하는 데에
익숙해져 버려서

누군가를 잊으며
아파하는 데에
소비해야만 하는지.

누군가를
사랑할 때 걸리는 시간보다,
그 누군가를
잊을 때 걸리는 시간이
훨씬 더 길기에….

진심을 담아 적어 띄워 보냅니다.
오히려 모르는 사람이 볼 거라 믿기에
더 진실한 말을 할 수 있을지 모르겠네요.

아침에 보내면 저녁엔 닿을 수 있겠죠.
어쩌면 그 사람에게 전해질지도 모릅니다.
차라리 그랬으면 하는 바람입니다.

다섯 번째 이야기
슬픔

간신히 이별을
추억이라 부를 수 있을 때
그때 비로소 시를 쓸 수 있다.

거위

메아리를 사랑할 것을…,
사랑한다 외치면
같은 말로 답해 줄 텐데….

메마른 사랑의 고백은
네 귀를 벗어나
끝내 나를
외로운 거위로 만드는구나.

이별하고 일 년 후

이별하자마자
시를 쓸 수가 없다.

하지 못할 말,
해서는 안 될 말,
혼란스런 감정들을
도저히 억누를 수가 없다.

나와 너에 대한 노여움,
잠시 동안 더 커질 괴로움,
이제는 남겨져 혼자라는 두려움,
지금 당장 어찌할 수 없는 막막한 슬픔….

눈물로 시를 쓰라면 쓰겠지만
어차피 마르면 지워질 것으로
종이 위에 끼적이면 무엇 하랴?

이별 후에는
울지 마라 위로하지 말고
실컷 울라고 다독이자.
베개에 얼굴을 파묻고
앞이 안 보일 때까지
소리가 안 나올 때까지
그냥 울게 내버려 두자.

간신히 이별을
추억이라 부를 수 있을 때
그때 비로소 시를 쓸 수 있다.

바다

원래 바다는
바다가 아니라 하늘이었대.
저 위에도, 이 아래에도
하늘이 있었던 거지.

근데 위에 있는 하늘이
서로 사랑하는 사람들을 보고
슬퍼서 울고, 기뻐서 울곤 했는데
아래에 있던 하늘이
그 눈물을 다 받아 주다가
지금의 바다가 돼 버린 거야.

나도
네 모든 눈물을
다 받아 줄 수 있는
그런 젖은 하늘이고 싶다.

밀물과 썰물

잠시만 머물려고 했어요.
들어오는 밀물을 바라보며
조금은 더 있다가
나갈 수 있을 거라 생각했는데,

금세 가득 찬 바닷물에
둘러싸여 어쩌지도 못하네요.

그렇게
그대라는 바다 안에 갇혀서
지금 잠기고 있어요.

기념일 記念日

깜짝 이벤트라고 말해 줘.
나를 놀래키려고
지금이라도 너와 내 친구들이 뛰어나와서
놀랐지? 하고 말하면서
나를 위한 선물을 줄 거라고.

그럼 난 웃으면서 울어 버릴 거야.
그리고 제발 다음부턴
이런 장난치지 말라고 부탁할 거야.

오늘이 어떤 날인지 모르겠지만
난 충분히 놀랐으니까.

그러니 제발,
그런 미안한 듯한 눈빛으로
그런 슬픈 말을 하지 말아 줘.

리허설

영화, 드라마 같은
멋진 장면들을 꿈꾸며
대사와 동작을 외우고
표정과 발음을 고치고
의상과 소품을 챙기고
몇 번의 연습을 하는데,

막상
상대 배우는 오질 않네요.

조명이
햇빛에서 달빛과 가로등으로 바뀌고
엑스트라들은
점차 줄어드는데,

결국
상대 배우는 나타나질 않네요.

오늘 촬영은 또
다음으로 미뤄지네요.

멋진 선물을 준비했습니다.
정성껏 편지도 썼습니다.
예쁘게 포장해서 기다리고 있습니다.
어떤 말을 할까,
어떤 표정을 지을까,
두근거려서 정신이 없습니다.

….

시간이 많이 흘렀습니다.
당연히 올 거라 생각했던
당신의 모습이 보이지 않습니다.
당신께 드리려 했던
선물과 편지가 머쓱해집니다.

내가 당신을
얼마나 사랑하는지 안다면,
내가 당신을 위해서
무엇을 준비했는지 안다면,
당신은 이렇게
날 모른 체하지 않았을 텐데….

민들레와 해바라기

민들레의 전설을 아나요?
평생 한 번만의 명령이 허락된 왕이
그 운명을 만든 별들을 원망하며
땅으로 떨어뜨려 꽃으로 태어난 이야기.

해바라기의 신화를 아나요?
태양신 아폴론을 사랑한 요정 크리티가
자신의 사랑을 받아주지 않는 아폴론을
그저 바라보고만 있다가 꽃이 된 이야기.

인생에서
그대라는 태양을 사랑한 나라는 별에게
단 한 번의 바람과 그리움이 허락된다면,
그대를 볼 수 없는 밤을 등지고
기꺼이 이 땅에 떨어져
그대를 한없이 바라볼 거예요.

술래잡기

일 년 만에 가는 동원훈련에서도
이름도 모르는 아저씨를 다시 만나는데
넌 도대체 왜 이리 다시 보기 힘든지.
나만 보고 싶은지,
사랑도 혼자 했었는데
그리움도 나 혼자만의 것인지.

어쩌다 닮은 뒷모습만 봐도
급하게 뛰어가서 너인지 확인하고,
죄송하다는 말과 함께 돌아서는데
넌 도대체 뭐 이리 마주치기 힘든지.
나만 너를 찾는지,
혹시나 너는 나를 봤었는데
내가 알아볼까 나를 피해 가는지.

언제까지 나만 너를 찾고
너는 나를 피해 도망가는
지겨운 술래잡기를 해야 하는지.
이렇게 니 그림자만
좇고 사는 걸 아는지 모르는지.

슬픈 노래

당신은
슬픈 노래를 들어도
그냥 좋다 말하겠죠.

나는
신나는 노래를 들어도
마냥 슬프기만 한데….

그리고 기쁨

중요한 건 당신 그뿐이고
난 지금 당신이 없으면
살 수도 죽을 수도 없을 것 같다고요.

투명하게 맑은 밤에 보이는 별빛 하나에도
나른한 시간 피로를 덜어주는 커피 향에도
창문을 두드리는 빗방울 하나에도
그대는 항상 머물러 있습니다.

가장 아름다울 때 지는 꽃잎 한 장에도
아무 생각 없이 흥얼거리는 노랫말에도
그리움에 글썽이는 눈물 하나에도
그대는 계속 머물러 있습니다.

고생 끝에 낙이 오고
쓴 맛이 다하면 단 맛을 느끼듯,
슬픔의 씨를 뿌려야
기쁨의 열매를 맺겠지요.

밤을 지새우며 글을 끼적이고
라디오 조용한 음악에 가슴이 시리고
잠든 휴대전화마저 외로워 보이지만
난 그대라는 슬픔에 웃어 보입니다.

새벽녘에 슬쩍 잠이 들었다가
이름 모를 새 소리에 꿈에서 깨고
그대는 오늘도 이러는 나를 모를 테지만
난 그대라는 기쁨에 목이 멥니다.

오랜만이라서

오랜만이라서 몰라봤다는 말,
너무 변해서 기억이 안 났다는 말은
모두 거짓말이었어요.

하루도 잊지 않고
어떤 모습으로
어떻게 변했을지
생각하고 상상하고,
또 그리워하면서
당신 모습을 그려 본 걸요.

긴 시간 동안 떨어져 있었지만
단숨에 당신을 알아봤다고요.

내가 그렸었던
당신의 모습들 중 하나여서
충분히 알아볼 수 있었어요.

아니, 오히려 당신은
내 그림보다 아름다운 모습이에요.

이전에 내가 사랑했던 모습들을
하나도 버리지 않고 간직한 채로
더 사랑스러운 것들을 더했네요.

보고 싶었어요, 정말….
너무 많이 그리웠어요.

옛사랑

나는 옛사랑의 기억을 지우지 않습니다.
내가 사랑했던 사람,
그 사람을 욕하지 않습니다.

지금의 새로운 사랑이
옛사랑에 대해 내게 물어도
난 자신 있게 말할 수 있습니다.

지금의 내 사랑이여,
그렇다고 슬퍼하지 마오.
당신이 노여워할 필요도 없습니다.

당신에게 옛사랑을 말할 수 있는 건
지금의 당신을
이전에 내가 자랑하고 아꼈던 이보다
더 사랑하기 때문입니다.

그 사랑이 있었기에
더 뜨거운 심장으로
당신을 사랑할 수 있습니다.

그리고 이제는,
당신이 내 사랑의
쉼표가 아닌 마침표이길
갈망하는 까닭입니다.

당신이 떠오릅니다

문득 당신이 떠오릅니다.
이전에는 그럴 수 있을까 여길 만큼
내내 당신만을 생각했지만,
시간이 흐르고 오랜 후에
문득 당신이 떠오릅니다.

그때는 야속한 당신과
안쓰러운 나로 인해 눈물이 났지만
이제는 작은 미소가 번집니다.

죽을 때까지 사랑한다고
영원히 못 잊을 거라고
다짐하고 장담했었는데,
설불렀던 내 말들이
살짝 부끄러워지기도 합니다.

당신 때문에 겪었던 달고 쓴 시간들을
절대 후회하지 않습니다.

이제 돌아오는 겨울에
우리는 서로 다른 곳에서
각자 따스함을 찾겠지요.

어쩌면 다른 사람 품에서
우리가 나눴던
사랑의 말들을 주고받겠지요.

만나러 갑니다

지금 만나러 갑니다.
당신을 직접 만나고 싶어요.

당신의 사진도 좋지만
당신의 향기까지는 담을 수 없습니다.

당신의 편지도 좋지만
당신의 온기까지는 전할 수 없습니다.

당신과의 통화도 좋지만
당신의 숨결까진 느낄 수 없습니다.

당신을 마주하고 말해 주고 싶어요.
당신을 품에 끌어안고
사랑으로 인해 뛰는 내 심장을
느끼게 해 주고 싶어요.

지금 당신을 만나러 갑니다.

당신이
아름답기에 사랑하는 것이 아니라
사랑하기에 아름답습니다.

그리고
당신으로 인해
나마저 아름답게 변해 갑니다.

당신을 만날 수 있다면
매일 아침, 점심으로
콩국수와 청국장을 먹는다 해도
견딜 수 있어요.

….
그래도 저녁은
먹고 싶은 걸 먹게 해 줘요.

당신과 사랑할 수 있다면
동원훈련을 한 달,
아니, 한 주를 받더라도
참을 수 있어요.

….
그래도 쉴 때는
꼭 TV라도 보게 해 줘요.

사실 이렇게 말했지만
당신을 위해서라면
내가 좋아하는 어떤 것도
포기할 수 있어요.
하지만 모든 걸 잃어도
당신만은 절대
포기할 수 없어요.

중요한 것

당신이 내 심장을
뛰게 하는지 멎게 하는지,

당신 때문에 내가
무엇이든 할 수 있는지
아무것도 할 수 없는지,

그런 건 중요하지 않아요.

중요한 건 당신 그뿐이고
난 지금 당신이 없으면
살 수도 죽을 수도 없을 것 같다고요.

그렇게
사랑할 수 있을 때까지
사랑할 수 없을 때까지
사랑할 거라고요.

당신은
내가 추운 날에 온기가 되고
내가 더운 날엔 바람이 되고
메마른 내게 이슬이 되어
지친 나를
감싸주고 어루만지며 적셔 주었죠.

당신은
내 부족함도 충분하다 격려해 주고
내 모자람마저 넘쳐난다고 응원해 주고
내 모든 필요를 사랑으로 채워 줬어요.

당신 때문에 난
슬퍼도 기뻐할 수 있어요.
어둠 속에서도
믿음을 비춰서 나아갈 수 있고
넘어졌을 때도
소망을 짚고서 일어설 수 있어요.

둘 중에
누구의 숨이 먼저 멎는다 해도
함께하는 동안
서로가 서로만을
사랑하고 사랑하며
사랑하겠노라고 약속할게요.

당신에겐
행복한 눈물만 선물할게요.

나는 당신의 이름보다
아름다운 시를 쓰지 못합니다.

나는 당신의 영혼만큼
아름다운 그림을 그릴 수 없습니다.

내 가난한 언어와 문자로는
당신이 얼마나 사랑스러운지
반의 반절도 표현할 수 없고,

이 세상의 모든 예쁜 색을 더해도
당신이 어찌나 눈부신지
티끌만큼도 보여줄 수 없습니다.

아무리 가슴 벅찬 시도
당신의 이름을 부를 때처럼
내 마음을 설레게 하지 못하고,

어떤 영혼을 울리는 그림도
당신의 뵈지 않는 형상에 비하면
감히 견줄 수조차 없습니다.

안녕이란 말은

안녕? 안녕이란 말로 인사를 건네요. 단 두 글자에 내 마음의 울림과 떨림을 모두 담기엔 부족할지 모르지만, 그래도 지금 마땅히 당신에게 무슨 말을 먼저 할지 떠오르지 않네요. 그저 어린아이들이 친구들을 만났을 때, 그리고 헤어질 때 순수하게 반가움과 아쉬움을 표현하는 말로 당신을 떠올렸어요.

편지를 쓰는 게 참 오랜만이네요. 하도 세상이 좋아져서 그런지 컴퓨터다, 스마트폰이다, 메신저다, 소셜네트워크다 해서 사람들이 서로 매일 만나는 듯한 착각 속에 빠져 살고 있나 봐요. 사람을 대할 때의 반가움이나 아쉬움도 그만큼 덜하고, 어쩌면 우리는 기술의 발달로 편리함을 얻은 대신 더 소중한 것을 잃어가고 있는지도 모르죠. 글자를 적으며 누군가를 생각하는 것이 얼마나 가치 있고 의미 있는지 잊어버리고 산 것 같네요. 그래서 당신에게 편지를 쓰는 이 시간과 공간이 참 설레기만 해요. 지금 여기에서 만큼은 당신 생각에만 빠져 있거든요. 이 편지를 보낼 수 있을지 없을지 알 수 없고, 답장을 받을 수 있을지 없을지 모르지만, 그런 것들은 전혀 중요하지가 않네요.

당신의 기억을 떠올리니 마치 어제처럼 생생하기도 하고, 아주 옛날처럼 희미하기도 하고, 어떤 일이 있었는지 없었는지 헷갈리기도 해요. 그때의 당신에겐 야속함도, 섭섭함도 적지 않았지만, 지금의 당신에겐 고마움과 미안함이 더 크게 느껴져요. 만약 그때 준비되지 않은 나를 모르고, 내가 바라는 대로 우리가 함께했다면, 지금 서로에게 아픈 기억으로만 남아 있을지 모르죠. 참 신기하죠? 나를 거절해 줘서 다행이란 말을 하게 될 수 있는 날이 오리라고 어떻게 상상이나 했겠어요.

시 한 편을 쓰기 전과 후, 시집 한 권을 완성하기 전과 후의 마음이 너무나 달라요. 상처 입은 가슴으로 써내려가다 보면, 어느새 아물어 새 살이 돋아나거든요. 슬픔의 눈물은 기쁨의 눈물이 되어 나를 정화시켜 주고요. 그래서 시를 쓰나 봐요. 그래서 노래를 부르고, 그래서 그림을 그리고, 그래서 이야기를 짓는가 봐요. 사랑은 정말이지 사람에게 병을 주고, 약을 주면서 더 자라나게 하네요. 당신은 무엇으로 당신을 위로하나요? 혹시나 이 편지가 조금이라도 당신의 외로운 마음을 달랬으면 좋겠어요.

'안녕'이란 말은 'hello'와 'bye'의 뜻 모두를 가지고 있어요. 만났을 때의 반가움, 헤어질 때의 아쉬움이 저 두 글자에 녹아져 있는 거죠. 근데 언제부터인가 나는 당신에게 슬프고 아쉬운 안녕만을 말한 거 같네요. 'hello'의 의미는 사라지고 'bye'의 의미만 가득한 '안녕' …. 그래서인지 막상 안녕하냐고 묻는 나는 별로 안녕하지 못해요. 언제쯤 우리가 슬픈 안녕 대신 서로 웃으며 기쁜 안녕을 말할 수 있을까, 언제쯤 우리가 아쉬운 안녕 대신 설렘과 두근거림으로 반가운 안녕을 말할 수 있을까 생각해 봐요. 다시 보게 되면, 다시 만나게 되면, 어쩌다 우연히 마주치게라도 된다면 그때는 그 예쁘고 사랑스런 얼굴에 환한 미소를 그려 안녕이라고 말해 줄래요? 그렇게 해 준다면 나는 정말 마음속으로 기쁨의 눈물을 흘릴 것 같아요.

날씨가 덥네요. 춥다고 몸을 웅크린 게 엊그제 같은데 점점 얇은 옷만을 찾고 있어요. 이러고 있다가도 또 여름이 가고 가을이 오고 이내 겨울을 맞겠지요. 그렇게 각자의 삶이 점점 길어지겠지만 나중이라도 같은 시간과 공간에서 서로를 알아본다면 기꺼이 안녕이라는 인사를 해 주길 바라요. 늘 당신을 위한 기도를 잊지 않고 있어요. 사랑하는 사람아, 건강하고 행복해요. 안녕.

2012년 여름, 한밤중에 추억에 잠겨

그리워하는 사람이….

마음을 그리는 **편지**

stamp

to.

from.

ps.